太平洋——未来へ

田中清光

思潮社

太平洋——未来へ

田中清光

思潮社

装幀　髙林昭太

目次

Ⅲ

Ⅳ

太平洋——未来へ

I

太平洋

I

一人一人が　無であったあの時代の私たち
海のふかい穴を探りつづけているごとき少年の頃のわたし
年ごとに黒い揚羽蝶が飛びまわった隅田川の岸辺で
未曾有の烈しい大空襲に打たれ
住まいから未来までをことごとく焼き尽くされ
二十世紀の末路までを　見せられてしまった

「夜明けの黒いミルクぼくらはそれを夕方に飲む
ぼくらはそれを昼に飲み朝ごとに飲むぼくらはそれを夜ごとに飲む」
「死はドイツから来た名手　彼の眼は青い」*
パウル・ツェランがドイツ語で書いた詩「死のフーガ」（一九五二）に出会って
ぼくらは飲みまた飲むの〝トランケン・ウント・トランケン〟という
響きの底にある
太平洋の波の見えない遠方からとどいた
言葉に胸を突き刺された
これこそ今日の詩だ　と
東京の下町で親友が爆死してもその川のへりを回って探すことしかできず
砕け散った日常の残骸のなかで
友の死を確かめるすべもなかった私の胸の深奥のかなしみを断ち割る詩だ……

リルケの「ドゥイノの悲歌」が書かれてから二十年足らずのアウシュビッツで
百十万人ものユダヤ人が殺され（詩人ツェランの父母も殺された）
東洋の島国では無辜の日本人が三十万人も空爆で焼き殺された　残酷な時代
無になるほかなかった私たちの網膜には
数えきれぬしかばねが刻みこまれ

空襲の屍骸であふれた隅田川の水も
平和な海とかつてマジェランが名づけたという太平洋に
引き潮のたびにあふれ流れていったはず
一六五・〇〇〇・〇〇〇平方キロメートルに拡がる巨大な太平洋
海深四〇〇〇メートルから一一〇〇〇メートル余りといわれる
深い海底にまで厖大な死語を沈ませつづけ

海溝　海嶺　海山列　海洋島などがつらなる
海ふかく泳ぎ回る深海魚　海老も貝の類も　サンゴ礁　油田や鉱床のつづく
太平洋の波までがわれらを打ちのめした

海の水はそこで死者たちのどんな言葉を聴いてきたのだろうか
人種のちがいをこえる人びとの悲しみや絶望
いまだ海底に眠る深い未知の秘境から
罪業の数数
渦に巻かれ　唾を吐かれ　ゴミまでを呑みこみ　激流を抱え
ゆったりと拡がる水平線に
おびただしい声を運びつづけている大海……

かつて日本列島に迫り　鉄の輪を締めつけるように　太平洋の島島を拠点にして
B29爆撃機で日本中を焼野原にした空爆の機影もそのまま
海面に熱したまま灼きつき漂っている

やがてジャズもドルもその海を越えて
どっと上陸し氾濫したのだったね
軍楽の楽譜はたちまち黒塗りにされ
おお　葛飾北斎の描き切った波の向こうにある
生者の声だけが生き残った
この画家ほどに海を波を掘り下げたものはいたか
私たちはそこに本物の海と波とに挑む時間、空間、から人間までを見せられたのだ

＊生野幸吉訳（「闇の子午線」）

Ⅱ

江戸の時代　今から二百年も前に
北斎という天才画家が江戸で誕生
夥しい絵画作品を生みだしてゆくなかで
七十歳で「神奈川沖浪裏」（「富嶽三十六景」）を描き上げ
圧倒的な海と波　荒々しい自然の力を独創によって表現し
海の絵画という分野を　江戸の世に
しずかなばくだんのごとく開いてみせた

ヨーロッパではナポレオンが駆けまわり、パリに七月革命が起き
ドラクロアが「自由の女神」を描いた時代

だが北斎のそれはゴッホやモネの出現には半世紀も先立つ絵画表現の出現だった
北斎の絵画がジャポニズムの影響とも重なりあって、現代では
絵画史上の偉大な業績と挙げるものもいて……

北斎の絵画といってもじつは多様無尽なのだ
浮世絵　肉筆画　絵本挿画等々　生涯厖大な絵画を
創りつづけていたのだが……
そのなかの海　波の表現は
『木版画「おしをくりはとうつうせんのづ」を四十代
つづいて「総州銚子」（「千絵の海」）やがて「神奈川沖浪裏」を七十代
「海上の不二」（「富嶽百景」）を七十六歳
肉筆画「波濤図」を八十代』
などなどと海や波に向かう表現が生涯を貫いてゆく

その自然の力を描く筆力とヴィジョンこそ
北斎の本源的な創造といえるものであったろう

晩年の肉筆画「波濤図」(一一八・〇×一一八・五)と信州小布施の
北斎館で対面してみて
純粋に波の運動のみをとらえ描いたそこには
現代の私たちの行き着いた抽象表現にさえ近づく
激しい絵画創造への疾走が見えてきた

私たちの太平洋はこのような創造者の手で
憐れな残骸を沈めてきた悲しい海だけでなく
生きつづける海の森羅万象を造形してみせてくれる
ピカソよりももっと私たちの心臓に近い

筆の走りを今の世に見せている——
広大な太平洋の見知らぬ神話時代から
そこに住む民族　海の声すら　遠く聞こえるという思いに誘なわれた
信州の山深い小布施の　北斎館での某日だった

Ⅲ

それにしても
世界のへりが見えるかもしれず
太陽が日ごと姿を現わし隠すところ
その大海の岸辺のわが国で生まれた思想は
一時期　世の中の昂揚に担がれ
過大な勲功　栄光を海に被せ

巨艦時代といいつつ　多くの兵士たちを
過大な金属の塊とともに太平洋の海底に沈めてしまった
おびただしい死者のことがいまも忘れられぬ

国破れ　傷口のあいた多くの海港に
投げ出されたぼろきれのような鱶の死体
水母の群れや
ぶらさがってくる蛭のごとき雲を見上げるたび
迫ってくる
白波の殺到するなかを　太陽までもがころげまわる
悲鳴を聴いてきた
「海ゆかば」の歌は遠ざかっていったが……

おお今となっても時をえらばず
不意にあばれだす海よ
地球が熱をもち　火の玉を抱えているかぎり
海底をマントルで組み立てられている太平洋は
突然あばれだすのだが
津波襲来のたび悲劇を突きつけられ
地上にしがみついて生きている私たちは
せめて三半規管の平衡感覚に
遠い銀河からとどく光の楔《くさび》をつなぎたいと

荒海にかけられた子午線
東と西とをつなぐ子午線を胸中に描き
せめて〝平和〟という航海にこそ

太平洋に広やかな汎渉を　とねがい
海の声を飲み　飲むことをくりかえす
太古の夢から
今日の地球の大空間につづく海の声から
自然のもつ真言を聴きとろうとしているのだ

Ⅳ

遠い彼の国で悲しくも詩人ツェランはセーヌ川に身を投げてしまったが（一九七〇）
残された詩の言葉は
いまも　生きるかなしみや　生死の刻印を帯びたまま
水の流れとともに私たちの視野に
多種類の櫂をひろげては

現世の宿命をなぞりつづけている

小鳥たちが開かれてゆく海の上を自由に飛び交い
鯨から鯱からおびただしい魚類が旺盛に繁殖をつづけ
鰯　鮭や　昆布をはじめ人間への食物を豊かに育ててくれている海
それは衰弱がみえている人類の平和よりも
不死にもっとも近いのだろう
死によって終わることをしない太平洋の語りかけを
耳を澄まして聞けば
今も私たちの耳に　不壊の言葉が
送られている

未来にも拡がりつづけているごとき

太平洋
そこに沈んでいる数多の歴史や
生死の声を
深い海の声のなかから聴くことができるのは
われらの魂なのだ
新たな生命を育みつづけ　亡びてゆくものを見送る
太平洋は
耳を研ぎ澄まして聴けば　いまも終わらぬ語りかけを送りつづけてくれる――

II

夕菅

ユウスゲは
ユリ科だが　花店の百合ほどには
匂いがしつこくない
夕方にならないと花は開かず
朝には必ず凋むひっそりした
淡黄色の花だが
夕陽の光に浮かび上がるとき

本当の美しさをみせる――
「時間」を一瞬で幻にしてしまう

火山灰の降り積もった浅間山麓の土壌には
戦争でよじ曲げられた寿命が
埋もれている
覆いかぶさった歴史の過酷さが
稀有な小説家と詩人の師弟にも
短命をもたらした
二人の目のなかでユウスゲはいくど開いただろうか

この廃駅にスケッチにやってきた女性画家にも
淡黄色の目が見開かれているのを見た日

そのときにもユーラシア大陸の一角では
大勢の人が殺されていた
こちらの戦争は終わったのに
あちらの戦争が始まる
地球のひとすみに咲いた
ユウスゲが
目を閉じているあいだにも

抒情詩にも歌われぬ
断たれた時間
おお　人間世界はいつになっても
半分は火を噴きつづけている

世界はいま

一刻一刻にいまも火が走っている
行く先が見えず
どのような台本にも描ききれない
イメージも想像も届かない崩壊から崩壊へ

現世のなかでは　人も物も
すべてこの地上から失われてゆくものでしかない

再生をくりかえす森や林も野も灰と化すさだめがあり
人びとの住居　人工の造作物はむろんのこと

〝永遠〟という言葉をつくった人類
未来に夢を掲げてはきたが
夢に罅は走り　破片とともに
欠けおちてゆく一日一日

太陽にはじまり宇宙を支配している
光と水にも　やがて衰滅は訪れる
そこに住み人間が作りつづけた物にも思想にも
悉皆《ことごとく》寿命がやってくる

その限られたなかでこそ生命は生まれ
生きつづけてきた人類史
言葉も思想も　その限界のなかで
たえず崩壊する現実とともに

ひとりひとりの痛みや悲しみ　運命を抱え
生みだした宗教
人間のゆくべき底知れぬ無にだけ
ほろびから解き放つ救いがあるとする　そこで生きつづける者の凄まじい実存よ

再生へ

亡き人はとどまるのか
天の縁《へり》に
あるいは玄の色鎮もる
闇の底深く

亡き人よ
語るのをやめないでほしい

生死を分け
砕け散ったまま
二度と語ろうとされない言葉もある

痛ましい骨と肉の破砕を受け
劫火に焼かれ
砕かれてしまった
言葉の柱

多くの死者たちが埋め尽くした
水の流れのなかで行方不明となった
時代を区切った闇夜を
けして忘れることなく

夥しい死者に埋めつくされてきた
われらの街や　野や　川をぬけて

生のはじまりの在り処
生のはじまりにふりそそぐ光のなか
枯れ　亡びても再び甦りつづける
植物界の再生のごと

風の声

植物たちといっしょの
予測できない関係にみちているこの世では
成就することのない行為をはじめては
偶然に救われて
生きのびてきた

魂を運ぼうとくりかえしてきた

わたしの旅も
生きつづける時間も
終わりの時刻も
鳥の眼だけが見付けてくれる

山に一本　まじまじとわたしを見ている
エゴの樹がある
旅人よ　霊を大切に
ふもとの千曲の川のほとりをゆけ　と
風の声がきこえてくる

村ごとに立ち上がる植物のひとつひとつが
温室栽培の言葉や思想といっしょに

地につかぬ未来の自然を
寒寒と語る
地球物理学のはじまりから迷いつづける人類文明

老いてゆく時間
生まれつづける新しい死
どこにも帰るところがみつからない現代
そこから
永遠ははじまるのか

濃霧のなかで

なにが失われ　なにが見えなくなっているのか
それすら見失われて
いま　濃霧のなかを漂流している――
とても曖昧な影なのだが
人間のかたち
たぶんはるかな友人の後ろ姿
どうしてこちらをふりむいてくれないの?

そういうわたしも　足首までがこの世からはみだし
漂いはじめていて
いまはとてもきみの肩に触れそうもない
この先は山か海　砂漠　もっと底知れぬ深淵
そこではどのような言葉が通用するのか
生き身から離れても

無辺な情熱と知りながら
創りだそうとしている
あるべきものが　欠けているこの世
根源的な問い直しができるのか
迷妄な時代のなか

きみの書いた激越な文脈も
この世に残っている
読まれることが少なくても
言葉は死なない
曙光があるとすれば　隠れてあるのだ
精神の塔があるとすれば　見えなくても

きみの身体は失われていても
その詩を創ってきた
きみの表意文字には結ばれていて
千年おきにめぐり合う星と星のごとき
危うい緊張感をよぶ言語で

宙吊りに向かうこの身を呼んでくれる

現実への根ぶかい憂慮とともに
来てほしいその時を心に描き
母国語を新たにする文脈を求め
そこから生まれるイマァジュで
世紀からの脱出をと！

おお　濃霧は日に日に濃いのだが——

Ⅲ

あの日を忘れまい

——若くして焼死した友に

荒れ狂う焔は　平和な幼い頃の猟場のすべてを焼き尽くし
最後の言葉を聞く前に
燃える町から姿を消してしまったきみの背に
献げる花はどこにも見付からなかった

あの時代の軍隊は国防軍などではなく
主人公として　国民すべての生活までを支配したのだ

星座のなかにぼくらが見ていた
先史時代からの女や鳥たちのイマァジュまでを
そのうえ私たちのもつ最後の心臓の動悸をすら
奪ってしまおうとした
この世を変えることを主張しながら
壊したのだった……

下町の現実といっしょにそこに住む
私たち自身も内から外まで解体されていった
目撃者としての私たちの前で
非情の火炎の飛び交った焼野原で

町がバラバラになって　五感もバラバラになって
人間が動物であり　ときに岩石　朽ちてゆく花でもあると
無差別に見えてきて　愛した者たちも次々に果てていった
都市にも森にも火が点けられ　焼き尽くされたあと
暴風後の日本に　慈善週間が持ち込まれた

植物や岩石になろうとまでした人間が
個の顔を喪失しながら
のっぺらぼうの時間のなか
心を宙吊りにして浮浪したのが真実だったあの頃の日日

終わらない時間のなかで
一人一人が恥も失くし流民となりはて

ありあわせの場所を住まいとしながら
〝おお生き残って本当によかったのか〟とくりかえした

あの日を忘れまい

農民たち——その後に

いまは　あの村には誰が住んでいるのだろう
ひしゃげた肩に
重い鍬や鋤をかついで
なにが収穫できたのだろう

モッコのなかに積んだ米や芋が
誰の口に入るのか　いくらの値がつくのか

村の男にとっての関心は
遠い都会では問われることもなく

いまも戦争をしている国家があるが
誰がなぜやっているのか
知らされない村のなかで
子供を産んで　雨の心配に行き暮れて

誰もの顔も覚えているけれど
かつて村の男たちの多くは兵隊にとられ　遠い海を渡って
知らない島の塹壕　死に場所へ連れ出されていったのだが
あの日は遠いことではない

いま　村に帰ることができた
ラバウルの弾丸のシャワーのなかで幸運にも生き残って
帰ってはみても荒れてしまった畑に
先祖から伝わる種を埋めつづけている男がいる

知った顔がめっきり減って
なぜ　知らぬ間に村がさびれてしまうのか
大切にしてきたはずの農民という生き甲斐が
荒れてゆく畑地と　老いた村人とともに薄れてきた

見知らぬ都会の人びとの造る
経済の都合のなかに組み入れられ
許せないことだが不可解な巨大な仕組みの見えないなか

村に住む農民が減ってきて
男には自分が何のためにこれまで農耕をつづけてきたのか
なぜラバウルまで行って戦争をさせられたのか
いまだによく判らないまま

一九六〇年、五十七年も前に書肆ユリイカから出した拙詩集『収穫祭』に「連作農民たち」（六篇の連作）を書いた。じつは東京大空襲ですべてを焼かれ、ふるさと信州に逃れて、はじめて鍬を手に田畑を這いまわって何とか食料をかせいだ三年間。上田高校で農業経済のレポートを書く。村民とともに暮らしたなかから「連作農民たち」の詩はごく自然に生まれたものだった。今、その後の拙詩である。

姨捨考

身を捨てるはずだった流れも
いまは乾上がってしまうそのあたり
名を知る人もないままに問う
月のひかりと結ばれる闇は
ひとしおふかい

振りさけ見れば

この世を生きてきた言の葉　言の葉のかずかず
無常迅速の

俤や姨ひとりなく月の友〈芭蕉〉

時をへだてたひとひとひとの
惑い　ときに剝ぎとられる孤独からの言の葉

死こそが訴える
沈んだ月日の彼方から
亡き人の声をきく
石も吹き飛ばす野分とともに歩んだ更級の山路よ

行き尽くしえぬ世の果て　女郎花もそこで立ち枯れ
生きんとした無名の孤立さえ
虚しくされた人の世の
みなもとのこの土地に
いまも花だけが咲いては散る

限られた在所に行き着き
老いた者のここでも捨てられていく現代の
一個一個の生命と
無を前にして
定かには見通せぬ世の日日を背に
変わらず吹き抜ける
姨捨の発てる風音に耳を傾ける……

哀弔歌——逝ける心親しき先人に

亡きひとの言葉は
詩として
行く手も見えぬ
死出の山を照らしつづける
月とともに
今こそ見えてしまう
残されたこの世の闇

稀なる花を育てては惜しみ
立ち迷う　一刻一刻のなか
この世がどこまで続こうと
ふたたびとは会えぬ
ひとよ

行く末なき身ながら
君住まぬ
家の前に立ちつくす

十度《とたび》名をとなえ
立ち去るほかないとは――

月日とともに悲しみ
名残を惜しみ
山をも崩す君の建てた言語の大波の
黒きほむらをなつかしむ
この世に残る光あらば
照らせよ　行く末のために　深き深き地の根まで

亡きひとの愛してやまぬ家宅だった造形の岸辺
われもそのみぎわに立ちて呼ぶ
虚空《そら》にもとどけ
この岸の岩根を踏み
悲しみにくもるわが声の
草葉のつゆよりも果敢なくとも

よもすがら
ひたすら呼ぶよりほかに
すべもなき今にあって
ふかき底の底より
星空に向かい
両眼に火をともして
ひとを呼ぶ

おお
建てられたどんな塔より
あなたの残した言語の建築　それこそ生命なのだ
茫然自失のままこの世に立つわれは

みえなくなる星を呼び
泪でぬらす
わたしもいまから　身を燃やし
天上を漂うあなたの宇宙　銀河の流れに
この火を添わせねば　と……

色即是空

世界は
人類は
いまや
幽暗《くらやみ》の未来に向かっているのか
美しいものだけが真理に近いとされた時代にも
天に向かおうとする魂のさけび　神秘のゆらぎが

射し入っていたのかもしれぬが
現代には
魂も良心も衰弱
数量で計られる残酷な武器と戦術が横行する
人間という固有の生命をもつ存在感への宗教は後退し

まるでコンピューターがつぎつぎに流してゆく
パルスや
センテンスのつらなりのごとく
冥界、天上界、地上界がまじわる思念などは消し飛び
通過するだけの言語の羅列
記号に代えられる生命の数

何が待たれているのか
未来を考える暇もなく
ひねもす明るい仕事場に向かって
日常という鎖につながれてゆく

人間存在の足どりを自然はどこまで迎えてくれるのか知れぬまま
人間や動物植物の明日が待ち受けるところへ

自然が

自然が動かしつづける人間界
そのなかで生まれ　死ぬ寿命をかかえながら
たどれるなら　私たちの遠い遠い始祖
かれらの造った土器を
ほんとうの骨壺にして
言葉の届かぬ時間からの
骨組をなぞってみようとしてみればよい

私たちが抱えつづけた寿命のなかの
生きた言葉が
血のなかによみがえる

哀れな敗北から離れ
そこへみちびいた戦時下の神話を捨てて
始祖からの存在の血脈を
さかのぼり

どこから私たちは来たのか
どのようにして魂は身体に着座したのか
言葉の鉱床は

たえず変貌をつづけながらも
掘りつづけられたのか

おびただしい自然から発せられる
サイン　その真言まで
私たちは
存在の果てる地に
運ぶことができるのか　と問いつづける

Ⅳ

日日のなかで

草や木が艶めかしい匂いをはなつ季節
街のかどかどを曲がってゆくと
したたるみどりに濡れて
からだの内のぜんまいがほぐれてくる

街ぢゅうに山や河の匂いが流れて
啾啾と鳴く動物たちの声や

夏至の風が
橋を吹き渡る

人語の涯て　旅のあけくれを振り返る
晩年に立ってみると
はびこるしのぶぐさのごとき生命《いのち》の移り往きが胸にとどき

無明の日日をあてもなく
生葱を抱えた女たちが白桃の顔を見せて
人工の光のなかをゆらゆらと行き過ぎるのを見て

騒ぐ身におとずれる
空蟬らしい脱皮の気配や

大気の香気にむせぶひとときの時間だけが
身に迫るシグナルに感じられる

道元さんの言葉が住んでいるわが家に帰って
「山河大地・日月星辰これ心*」といわれているのを読んで
ねむることにする

* 「正法眼蔵」

言語の新月

現世のあらゆる亀裂や陥穽が
われらを待ち受けている
未来とはこの待ち伏せなしには
行きつけぬところなのか

目の前までつづく人類史の刻みさえ
時のなかで潰えてゆく

これがわれらの現存であり
また生死であるともいえる
老衰に近づく世界の
しずかな歩みにも見えてくる

無辺際というべき
知のかなしみ
たえず滑落し
葛藤をくりかえし

だが　時空のどこに位置しようと
現在から思想しようとして絶後の悲しみをみつめねば

永遠への課題　もしくは源流回帰の路は見えぬ

現世からの亀裂や陥穽の
待ち受けている現在こそ
直面している現実を生きる今にこそ
それを見出す言語の新月がひつようなのだろうか

朝のめざめ

朝のめざめといっしょに
思想も倫理までがくずれてゆくごとき人類史のなかを
漂っていた夢から眼醒め

一人一人の幸せなど
現代にとっては
それほどの目的ではないことに

税金の書類を書きはじめて
気がついた

外界には財物の肥大を求める人がたくさんいて
不条理をかまわず走ったり
利得に集まっているのも見える

たとえば良心とか　人間らしさとか
人類史が養ってきたはずの
もう一方の精神や魂が
朝のめざめのなかに
澱のように沈んでいる

正と負との揺れつづける両極のなかからはじまる
現われては見えなくなる
現代

この一日といっしょに
国家もはじまる

心の旅

生き身はいつか滅びるのだが
魂はいずれ何処へ行くのか
そこにだけ　平和の待つところ

行く先にある無は
この世をつくり　こわしつづけもしてきた
人間のつくった文明をどこまで　許容しているのだろうか

一瞬にして地上をそこに住む人間までを灰にする
原爆が使われた
あの日から
人間の実在は常に
無とともにふるえている

来世といい
ねがう平和であっても
これまであらゆる生物を殺してきた罰を考えても
無に行くほかない怖れをかかえ
この世界の　人類　全生物　星雲　地球の死

すべての死こそが
いずれ私たちをつつみこみにくるのか
こころまでをつつみこみにくる

さみしいが
こころよ
では　いっておいで*

*八木重吉「心よ」

光の紡錘《つむ》

光の紡錘《つむ》ぐ
自由に結びつく　ことば
もろ刃として
この世を後ろへ引きずるばかりでなく
未来へも押し出す
火矢

想像《イマアジュ》こそ
おびただしい注釈をすり抜け
電撃のごと
分裂から分裂　集合から集合　発展から発展へ
神の怒りもとどかぬ
地平までを燃やすことができる

光や翳を走らせ
蝶という蝶や小鳥たちの駆けめぐる空を
自由な音色　不意の快活な横断
森のぶ厚い生命体までを
枯れかけた晩年から蘇生させ

現世が死にかかっていようと
イマァジュを
火矢にして
起こすべきでない人間の惨死を断ち切るべく
いいたてがみに火を点し

星に接吻《くちづけ》してでも
左眼で照準をさだめ
広がる平和の野のなかを
上空に向けて逆のぼろうする暴力を
紡錘《つむ》ぐ光と火矢で打ち落とすのだ

気象狂想曲

わたしたちの地球全土で気候が
大きく狂いはじめてきた　と感じられるこの頃だが
これほど炎熱に向かうのは
とめどない人間の欲望が
重たい負債を地球に負わせてきたためか

経済や科学の生みだす重圧や

自然の破壊とともに
滅びるはずがないと思ってきた
地球という生命体に対しての
配慮が欠けてきたのか

原子爆弾や核開発というパンドラの箱を開けてしまった科学
自滅を呼ぶ戦争
生物の生命の尊厳にそむく開発もつづけ
自然から生まれたはずの人間が
ときに自然に刃向かってきた
ユーラシア大陸やアメリカ大陸などの
ふしぶしも痛むなか
アルカディアの牧人の夢を捨てて

このままだと　不気味な時代とともに
不気味な炎熱化　混乱にむかう地球に
魂も精神も焦がされたまま
誰も帰ることのできない時間のなかへ
向かうことになる

現代の洪水も山火事も　あばれる海川も
北極の氷山の崩壊も
これまでマントルや火の玉を抱えながらも
地球が活かしてきた自然
山脈や平野などの
わたしたちの心臓につづく豊かな世界を

狂いはじめてきた気候が
こわしてしまうことにならないか
人類にとって新たな試練が始まっている

未来へ

地球上ではこれまでに生物の絶滅が
六回も繰り返されたという――
そのなかを　バクテリアだけが
最長の生命原理を生きつづけている　というが

バクテリアを　細菌、分裂菌とよび
最も原始的な単細胞生物

最下等とまでよびもする人類だが
それが宇宙原理に添って生きつづけてきている事実をどう考えるか

未来に向かおうとするわれらが
この宇宙原理とともに永く
生きつづけている存在があることについて
思いめぐらしてみるとき

どんな細菌であろうと
生きつづけて　人間や動植物に住みつき
繁殖し　分裂もし　個体を蝕ばみ
ときには空気中を飛び回りもする

変化をつづける時間のなかで
壊れてきたもの
世界の構造や起源に及ぶまでの危機の火種を作り出してきた
かずかずの人工の物の寿命のはてに

すべての生物のなかで生き永らえてきた微小ないのちに
宇宙原理が姿を表わしていることに
見えない未来の
本然が見えているのかもしれない

あとがき

十代のはじめに水泳を教わったのは、たしか房総半島の太平洋側だったと記憶している。橘丸という汽船で短い航海に出たのも横浜港からだった。幼い東京下町暮らしのなかで海や、隅田川の日々の干満などにふれ、太平洋はつねに意識されつづけていたが、ここ数年にいたって毎年北端の地、知床に滞在して太平洋とオホーツクの海流に挟まれる半島をよく歩き、太平洋の別の様相にも向きあった。自分にとって欠かせない太平洋は、こうして永い年月のなかで熟成してきたかに思われる。太平洋戦争の東京大空襲に十四歳で遭遇した過酷な体験も重ねて、書き下ろしてみた。

私たちには決して忘れてはならない戦争があり平和がある。

このほかの詩も、近年の人類が生みだす文明の諸相のカオスのなかに生きて、言語表現を試みる日日、微力の私の成しうるところではないのだが、いささかなりと批評精神を生きつづけさせることを念じつつ、綴ったもの。ささやかな一個の生命体の試みるこれら言葉の貧しい試みから何程かなりとお届けできるものがあれば幸いに存じます。

Ⅱからの発表誌については「午前」（布川鴇さん主宰）に初出のものが含まれています。いつもお世話になっている小田久郎会長、髙木真史編集長をはじめ思潮社の方々に厚く御礼申し上げる。

二〇一七年　秋　　　　　　　　　　　田中清光

主要著作一覧

詩集

『愛と生命のために』私家版　一九五二
『黒の詩集』書肆ユリイカ　一九五九
『収穫祭』書肆ユリイカ　一九六〇
『にがい愛』彌生書房　一九七〇
『星衣奔放・幻花』湯川書房　一九七四
『山脈韻律』麥書房　一九七六
『田中清光詩集』沖積舎　一九八〇
『花の錬金術』鹿鳴荘　一九八五
『風の家』思潮社　一九九三
『空峠』湯川書房　一九九四
『東京大空襲』月草舎　一九九五
『岸辺にて』思潮社　一九九六
『現代詩文庫・田中清光詩集』思潮社　一九九八
『山の月』湯川書房　一九九八
『再生』思潮社　二〇〇〇
『魂鎮め』思潮社　二〇〇一
『終わりと始まりと』思潮社　二〇〇三
『過ぎゆくものに』思潮社　二〇〇五

『風景は絶頂をむかえ』思潮社　二〇〇七
『北方』思潮社　二〇〇九
『三千の日』思潮社　二〇一一
『夕暮れの地球から』思潮社　二〇一三
『田中清光詩集　生命』編集工房ノア　二〇一四
『言葉から根源へ』思潮社　二〇一五

評論集

『立原道造』書肆ユリイカ　一九五四
『立原道造の生涯と作品』書肆ユリイカ　一九五六
『詩人八木重吉』麥書房　一九六九
『八木重吉——未発表遺稿と回想』麥書房　一九七一
『増補版 立原道造の生涯と作品』麥書房　一九七七
『堀辰雄——魂の旅』文京書房　一九七八
『世紀末のオルフェたち——日本近代詩の水脈』筑摩書房　一九八五
『山と詩人——明治・大正・昭和の詩と自然』文京書房　一九八五
『山村暮鳥』筑摩書房　一九八八
『月映の画家たち——田中恭吉・恩地孝四郎の青春』筑摩書房　一九九〇
『大正詩展望』筑摩書房　一九九六
『八木重吉の詩と生涯』書肆風の家　二〇一六
ほか、随想・散文、詩画集など。『八木重吉全集』（全三巻・別巻一、筑摩書房）、『串田孫一著作集』（全八巻、同）を単独編集。

太平洋《たいへいよう》——未来《みらい》へ

著　者　田中清光《たなかせいこう》

発行者　小田久郎

発行所　株式会社思潮社

〒一六二―〇八四二　東京都新宿区市谷砂土原町三―十五

電話〇三(三二六七)八一五三(営業)・八一四一(編集)

FAX〇三(三二六七)八一四二

印刷所　三報社印刷株式会社

製本所　小高製本工業株式会社

発行日　二〇一七年十月一日